KB178448

푸른사상 시선 129

헬리패드에 서서

푸른사상 시선 129

헬리패드에 서서

인쇄 · 2020년 7월 20일 | 발행 · 2020년 7월 30일

지은이 · 김용아
펴낸이 · 한봉숙
펴낸곳 · 푸른사상사

주간 · 맹문재 | 편집 · 지순이, 김수란 | 마케팅 · 김두천
등록 · 1999년 7월 8일 제2-2876호
주소 · 경기도 파주시 회동길 337-16(서패동 470-6) 푸른사상사
대표전화 · 031) 955-9111(2) | 팩시밀리 · 031) 955-9114
이메일 · prun21c@hanmail.net /prunsasang@naver.com
홈페이지 · http://www.prun21c.com

ⓒ 김용아, 2020

ISBN 979-11-308-1689-0   03810
값 9,000원

이 책(인쇄물)은 강원도, 강원문화재단 후원으로 발간되었음

푸른사상
시선

129

헬리패드에 서서

김용아 시집

푸른사상
PRUNSASANG

시를 다시 쓰게 된 날은 어두운 강 저편으로 날아가는 새를 본 저물녘부터였다.

너무 많은 이들이 떠났다. 모두 나를 지켜주던 벽들이었다. 얇은 벽마저 다 사라져버렸을 때, 아무것도 남아 있지 않다고 여겼을 때 찾아와주었던 것들, 그때마다 내가 한 유일한 일은 포기하지 않았다는 것이다. 바람보다 더 자주 지진이 난 것처럼 흔들리면서도 일상을 포기하지 않았고 쓰는 것을 포기하지 않았고 기도하는 것을 포기하지 않았다. 누군가를 기억한다는 것은 나를 잃지 않는 일이기도 하다는 것을 안 때이기도 했다. 헬리패드에 서서 흔드는 노란 구조 깃발처럼 남은 이들에게 살아야 하는 이유가 되기를, 폐갱 속에서 오랫동안 묻혀 있던 시들도 강에 돌려드린다. 비록 지금은 함께하지 못하지만 나를 지키고 세우기 위해 안간힘을 다했던 이들에게 말할 수 없는 감사함을 올려드린다.

2020년 코비드-19, 그리운 봄을 기다리며
김용아

■ 시인의 말

제1부

제2부

제3부

제4부

제1부

제장마을 가는 길

제장마을에 가려면
빛 한 점 새어들지 않는
좁은 굴을 지나야 한다
승용차도 세레스도
마찬가지이다
그곳에서 모두 뱀이 된다
뱀이 있는 곳은 세상의
가장 낮은 자리이다
그래야만 보이고
들리는 것들 때문이다
노랗게 물든 콩잎과 함께
저무는 강
태어난 지 얼마 되지 않은
송아지의 울음
여울에 섞여 흘러간다

폐갱(廢坑)에서

개망초 세잎클로버
지천으로 피어난 광장
검은 광차에 실려
어둠 속으로 불려간다

누군가는 웃고 떠들었다
누군가는 무섭다고 도망가고
또 누군가는 투쟁하던 때를
떠올렸다

우리는 사막의 미로에
왕과 함께 버려진
노예처럼
갱도를 떠돌았다

지하 1,500미터
천년이 지나도 여전히
사막을 떠도는 그 노예처럼

우리의 삶도 그렇게 전해질 것이다

출구를 찾지 못한 채
끊임없이
떠돌고 있노라고

도계를 넘으며

경계를 허물어버린

눈 속을 헤치며

위로 올라가기만 하던

기차가 도계로 들어서자

길을 잃어버린 듯

뒷걸음질 친다

끝이 어디인지도 모른 채

바람을 등진

잡목만 무성한 바닥까지,

덜컹거리며 궤도가

수정되는 동안

탄재 위에 뿌리내린

나이테 없는 나무처럼

흔들리기도 하지만

기차는 다시

고산지대를 향한다

진폐에 걸린

늙은 광부의

오래된 노래처럼
끊어졌다 이어지고
뒤로 밀리는 것은
흔들리는 것은
앞으로 한 발 더
나아가기 위함이라는 것을
도계를 넘어서고서야 안다

안경다리를 지나

가슴조차 검었던 광부들이

광부가를 부르며 행진했던

구 안경다리 옆의 새 안경다리 밑

하얀 비옷 입은

강원랜드 사내하청 비정규직 노동자들

비정규직 철폐가 부르며 지나간다

지상의 직업 가지기 소원이었던 아비 대신

막장만 헤집고 다니던 남편 대신 가진 첫 직업

강원랜드 사내하청 비정규직 노동자

첫 번째 출정이다

아무도 지켜보지 않는 출정의 행렬

진폐병동에서 시든 남편이 지켜볼까

굴진하다 석탄 더미에 묻힌 아비가 들어줄까

노래는 흔적도 없이 거센 빗줄기에 묻히고

장례의 행렬처럼 강원랜드 카지노를 향해

묵묵히 나아간다

그들 뒤를 구 안경다리의 어둑한 눈빛이

조용히 뒤따르고

기차는 길게 소리를 내지르며
행렬의 맨 끝을 쫓아간다

쑥물

경로잔치에서 쑥부침개를 한다고
쑥을 잔뜩 뜯어 왔다
몇 명이 둘러앉아 다듬는데
한참 지나서 보니 손톱 속이 검었다
트리오로 씻어도 수세미로 닦아도
때는 그대로였다
시퍼렇게 쑥물 든다는 게 이런 걸까
쑥물이 다 지워질 무렵
한 시인의 부고를 읽었다
시퍼렇게 쑥물 들어도
강물 저어 가리라던 노래의
작사가이기도 했다
어제는 그의 발인이었다
사북 강원랜드 비정규직 노동자
모임이 끝나고
고한시장에 들렀을 때
쑥버무리를 직접 쪄서 파는
할머니에게 이천 원 주고

한 덩어리 사서

비정규직 노조 위원장과

나눠 먹었다

할매 쑥 뜯느라고

애쓰셨겠다고 하자

별말 다 한다고 사래 치는 할머니

손톱 끝이 온통 검다

지금쯤 그 시인은

쑥물 든 강을 다 건넜을까

쑥버무리가 자꾸 목에 걸렸다

사북, 그 이후

모정여관에서 살던 착암공 김 씨는
서울 지하철 공사장으로 떠나고
그 뒤를 따라 채탄공들마저
대구 부산 지하철 공사 현장으로
바람처럼 살길 찾아 떠난 다음
여관에는 돈 떨어진 도박중독자들이 모여
대낮부터 술판을 벌인다
내 인생 겨우 여기까지냐고 소리치던
술꾼들 잠들거나 꿍친 돈으로 다시
카지노로 올라가고 여관 담벼락에
기대 타오르던 맨드라미
누군가의 발길에 밟힌 채 꺾여 있다
사북의 마지막 광업소가 문을 닫고
이미 그 앞은 카지노로 가는
넓은 길이 뚫렸다
그 아래로 미처 철거 못 한
마당 없는 슬레이트 지붕 밑에는
늙은 광부가 연탄불을 갈고

얼어 온 무시래기를 서까래에

매달고 있다

그의 아우는 연탄 밑불처럼

제대로 타오르지도 못한 채

막장에서 걸어 나오지 못했다

가슴이 시커멓게 멍든 채 진폐병동에

누워 있는 친구들과

개망초 지는 길 따라나선 아우의 시간이

이렇게 버려지는 연탄 같지 않냐고

이제 카지노 가는

길목이 되어버린 안경다리

그 다리를 막은 채 광부가를 부르던

그때 그 검은 이들

퀭한 두 눈만 남긴 채 다 떠나고

노안(老眼)의 안경다리만 남아

눈을 부비며 서 있다

완행버스에서

손님이 달랑 하나밖에 남지 않자
운전기사는 노래를 부르며 운전대를 돌린다
어느 순간 차는 급커브를 돌고
커다란 덤프가 길을 먹으며 들어오자
노래는 끊기고 차는 불안하게 굽이친다
다시 노래에 몸을 맡긴 기사
삶은 어디로 가는가
열려진 차창으로 쏟아지는 아카시아꽃 내
바람이 된 풀꽃 내
노인들은 모포기를 가슴에 새기듯
논바닥 깊이 박은 채
한 번 일어설 줄 모르고
완행버스는 그 옆을 느리게 지나간다
수양버들 늘어선 작은 강
사람 흔적 끊어진 쓸쓸한 농공단지
아무리 가도 완행버스는
설 줄 모른다

오후 세 시의 신호수

내가 흔드는 것은 원추리꽃
칠월의 숨 가쁜 열기에
자꾸만 시들어간다
먼지를 가라앉히기 위해
살수차가 물을 뿌리며 지나가지만
검은 아스팔트에 닿는 순간
뜨겁게 데워지고
한 시절 가졌던 당당함도
어느 자리에서는 빛났을 아름다움도
기억나지 않는다
하지만 나는 죽지 않을 것이다
야근을 마친 늦은 밤
껍질을 벗어던지고
다섯 평 내 단칸방에 불이 켜지면
아비라고 불러주는 머리 굵은
자식의 좁은 등판과
오랜 노동으로 병이 든
마누라의 굽은 허리를 보며
시들어도 죽지 않을 새 힘을 얻는다

펜스공

골프장 언덕을 따라
펜스를 친다
어망처럼 빈틈이 없는
녹색 철망
한때 용접이 서툴러
자꾸 꼬이는 인생처럼
어긋나기도 했지만
골프장
놀이공원
무수히 많은 곳의 경계를
만들고 허물었다
한때 그의 꿈은
완성된 펜스의 안쪽에서
단 하루
아니 단 한 번만이라도
당당하게 서 보는 것이었으나
이제는 펜스의 가파른 끝에서
그나마 밀려나지 않은 게

다행이라 여긴다

펜스의 경계를 끊임없이

서성이다 돌아온 저녁

붉은 맨드라미를 베고

잠이 든다

무연고 행려 사망자 공고문을 보며

무연고 행려 사망자 공고문을 보다가
왜 본적이 보육원이고
왜 사망 장소가 쪽방 안인지
일평생 맞지 않은 퍼즐을 든 채
살아본 적 없고
한 번도 때 묻은 몽땅 크레용으로 세상을
그려보지 않은 사람은 알지 못한다는 것을
짝이 다 맞는 새 퍼즐과
새 크레파스를 한 번도 쥐여준 적 없는 불평등이
검은 회색만 덧칠하게 된다는 것을
몸으로 살아보지 않은 사람은 모른다는 것을
검은 회색이 이 세상의 전부인 것처럼
어린 고사리손에 아무것도 쥐여준 적 없는
부끄러운 손들을 대신하여
그나마 맞출 퍼즐도 남아 있지 않은
쪽방 동료들을 대신하여
세 평 쪽방에서
죽어서도 편히 펼 수 없었던
구부린 허리가 깊이 문상을 한다

자본주의 배추

아무리 실하고
빛난들 무엇하랴
아무리 맛있어도
한 번 똥값이라고 하면
수십만 배추밭
그냥 버려질 텐데
멀쩡하게 속이 찬
노란 고갱이도
얼어 죽을 텐데
지나가는 새도
돌아보지 않을 텐데

10월에

대학로에서 길을 잘못 들어
탑골공원까지 갔다가 만난 이들
먹다 남은 반찬을
검은 비닐봉지에 쓸어 담는 노숙자와
구세군 이동 봉사차에
무료급식을 기다리는 행렬
가치담배를 파는 노인들
무심한 바람결만큼 눈빛은 비어 있다
노란 물 들어가는 대학로 KFC 앞
흰머리 섞인 이주 노동자가
유인물을 돌리고
비정규직 노동자들은
차별 철폐 깃발을 펄럭인다
노동자 가수가 나와
일하지 않는 자여 먹지도 말라는
노래를 부를 즈음
그때까지 무슨 구경거리인가 해서
기웃하던 노인들

잎 진 나무처럼 발길을 돌리고
검은 비닐봉지를 든 노숙자
그림자처럼 휘적거리며
그 뒤를 따라 사라진다

부활주일 예배

예수의 삶에 대한 설교를 듣다가
그는 아무것도 적혀 있지 않은
주보 뒤편에 낙서를 한다
들어올 때의 마음과 달리
자꾸 부활의 성례가 불편하다
성전 양쪽을 장식한
화려한 꽃과 대리석 강대상
그가 이곳을 찾은 것은
시시때때로 찾아오는
고통의 시간에
함께한 예수를 믿어서였다
그는 결국 일어난다
본디오 빌라도에게 고난받은
예수의 이야기는 아직
끝나지도 않았는데
쫓기듯 교회 문을 벗어난다
그가 두고 간 주보 뒤에는
'내 청춘은 광부의 검은 옷과

수인의 푸른 옷과 함께 스러졌다

라고 눌러 쓴 글자가

지문처럼 선명하다

한덕철광 신예미광업소 매몰자를 위하여

강원도 정선군 신동읍 조동1길 154
한덕철광 신예미광업소 갱도 하부 5km
갑자기 터져버린 갱도

예미산 벼랑 끝 매달린 붉은 병꽃의
짧은 개화처럼
느닷없이 스러지지 않으리라 여겼다

손을 내밀기만 하면
용광로처럼 뜨겁게 끓어오르는 날들
늘 나의 편이라 여겼다

데친 두릅 도라지무침 곁들인
가족과의 소박한 한 끼 저녁 식사도
쓰다 만 편지도 같이 묻혔다

다른 길 있었다면 진작에 갔을
새로운 그 길

죽어서야 나선다

우리의 하루는
기대만큼 길지 않았다

* 한덕철광 신예미광업소에서는 2018년 4월 26일 오후 3시 35분 갱구
에서 5km 안쪽 수직갱도 500m 지점에서 발파작업 중 돌무더기가
쏟아지는 상부갱도 붕괴사고로 6명이 매몰되어 3명 사망, 3명 부상
당하였다.

헬리패드에 서서

외계의 하늘을 바라보며 헬기의 이동 경로를 따라 서성이다 헬리패드 위에 무사히 내딛는 것을 보고서야 깊은 숨을 몰아쉽니다 언젠가 잡풀 무성한 강변에서 사어가 되어버린 지 오래인 수메르어처럼 낯선 헬리패드를 만들던 그가 전화를 걸어 부탁한 것은 그보다 더 낯선 식염 포도당정이었습니다 동네 하나뿐인 약국에 들러 어렵게 찾아간 남한강변 걷기만 하는데도 바닥의 뜨거운 열에 발목이 잡혔습니다 박하사탕처럼 하얀 식염 포도당정과 얼음 결정이 그대로 살아 있는 생수 덕분인지 잠시 웃어 보였습니다 뒤에는 아직도 베지 못한 풀들이 무성했지만 어디에서 마쳐야 하는지 언제 돌아오는지 묻지 않았습니다 헬리패드는 무사히 완성되었고 몇 달 지난 후부터 헬기가 뜨고 내렸습니다 닥터헬기장이었습니다 어쩌면 그는 캄캄한 어둠을 뚫고 그것을 타고 날아갔다면 이쪽에서의 시간을 좀 더 반복할 수 있었을지도 모릅니다 약국이 사라지고 그도 사라졌습니다 읍내 유일한 약국이 없어져 함께 사라졌는지 알지 못하지만 그가 만든 헬리패드만은 그곳에 남았습니다 그게 남아 있는 한 길을 잃지 않을 것입니다 서 있는 곳이 어디인지 모를 때 언제

든 좌표가 되어줄 수 있는 곳이 있다는 것 구조 깃발을 흔들 수 있다는 것 여전히 살아남아야 하는 이유이기도 합니다

강에게 시를 돌려드리다

읽다 만 시집의
마지막 구절을 떠올릴 때
밤이 깊도록
끝내 보내지 못할
편지의 서문을 쓰고 있을 때
한 끼 저녁을 위해
두 손 모을 때
생강나무꽃 소리 없이 피어
주변을 환하게 밝힐 때에도
그는 오래전 떠나온 강을
떠올렸다
강의 어디쯤에 서 있는지
잊어버렸을 때
간혹 소리 죽여 울기도 했는데
그건 돌아가는 길을
잃어버렸다는 것을
알았기 때문이다
그가 세상과 이어지던

마지막 손을 내려놓은 이유는

떠나온 강으로

되돌아가기 위해서였다

저 혼자 저무는 강과 함께

저물기 위해서였다

주변을 환하게 밝히던

생강나무꽃

소문도 없이 질 때면

그가 강에 무사히

도착한 안부로 알고

인사를 할 일이다

강은 안녕하신가

라고

사북 기행

'나는 산업전사 광부였다'는
대형 걸개그림 속
남자의 웃음을 마주하며
그는 대꾸한다
나도 너 같은 광부였어
그런데 환하게 웃는 네가
자꾸 낯설다
언젠가 그의 모습이기도 했을 텐데
아무리 더듬어도
그렇게 웃은 기억이 없다
보안 교육 받고 광차를 탈 때에도
착암기로 탄층을 뚫을 때에도
탄을 싣는 쇼벨 선산부였을 때에도
죽음이 가까운 삶 앞에서
어울리는 웃음은 아니었다
그는 여전히 이해하지 못한다
왜 나는 산업전사 광부였다며
속없이 웃어야만 하고

왜 동료들의 죽음이

관람객의 편한 웃음의

뒷배경이 되어야 하는지

매몰자 가족들이 하늘을 향해

온몸으로 울부짖는 사진 앞에서

생몰을 알 수 없는 매몰자의 명단 앞에서

아빠 오늘도 무사히

라는 인사 앞에서

산업전사 광부처럼 활짝 웃으며

기념 촬영을 하는 이들

그의 생애가 반 토막 난 건

그래서였을 것이다

그의 나이 52세

간암 말기라는 진단을 받기에는

빠른 나이였다

그건 탄재를 마시며 일해서도

막장이 무너질 때 겨우 살아난 것도

폐광이 된 광업소를 떠나

용접공 배관공이 되어 떠돌며
뼛골이 녹아난 때문도 아닌
저렇게 난만히 웃지 못한 때문이었다
병이 나으려면
자꾸만 웃어야 한다는데
그는 여전히 마음을 정하지 못한 채
흔들린다
광장을 하얗게 뒤덮은 구절초처럼

제2부

성금요일

노트르담이 불타고
재건립을 위해
부자들이 1조 원을 모았다

그러자 화가 난 노란 조끼들이
파리를 불태웠다
스리랑카에서는 테러가 일어나고
반도의 해안에서는 지진이 일어났다

교회에서는
부활 예수님을 위한 기도가 올려지지만
하나님은 여전히
거리를 떠도신다

석탄가루 묻은 수첩

익숙하지 않은 교대 시간
자주 고장 나는 컨베이어 벨트
너무 쉽게 막히는 배수관
낙탄은 수시로 바닥으로
미끄러져 내렸으며
그때마다 그는
허리를 깊이 숙여야 했다
수첩에 적힌 것 하나라도
지워졌더라면
석탄가루처럼 무수한 날들
그의 편이 되어주었을 것이다
그의 마지막이 담긴
작업장 CCTV를
끊임없이 되돌리지
않아도 되었을 것이다
하나였으나 하나가 아닌 시간들
피어보기도 전에 진다
그의 것이었으나

그의 것이 되지 못한

헤아릴 수 없이 검은 날들

수첩 속으로 걸어간다

24번 꽃무덤

그곳에 쌓인 건
앞으로 그녀가 근무해야 하는 날들이
더해진 것만이 아니다
그곳에 쌓인 건 앞으로 그녀가 살아가야 할
무수한 시간들이 더해진 것만은 아니다
그곳에 쌓인 건 그녀가 앞으로 나눌 수 있는
무수한 일상들이 더해진 것만도 아니다
그곳에 쌓인 건 그녀의 무수한 만남이
더해진 것만도 또한 아니다
무빙워크처럼 돌아가는
반복되는 일상일지라도
지켜져야 하는 것들 때문이다
저녁 식탁에 둘러앉아 올리는
가족들을 위한 기도처럼
하루의 무사함을
또 다른 하루의
시작을 기대하는
이유 같은 것이기도 하다

24번 계산대 위에 쌓인

하얀 국화꽃 한 송이

꽃 피우는 이유이기도 하다

밥 한 끼

두 아버지는 밥상을 사이에 두고

젓가락을 듭니다

한국에서 건너간 아버지는

상 위에 반찬 가짓수를

구태여 헤아리지 않습니다

못다 한 말들이 하고 싶은 말들이

반찬이 되고 밥이 되었으리라는 건

말하지 않아도 안다는 걸 들키고 싶지 않아

그냥 웃습니다

"같은 아픔을 가진 아버님께 꼭 베트남 방식대로

밥 한 끼 대접하고 싶었습니다. 꼭 밥 한 끼를…"*

더 이상 말을 잇지 못한 채 베트남 아버지는

한국 아버지를 향해 두 손을 모읍니다

그러면 되었습니다

매일 먹는 밥 한 끼

누군가에게는 지금 살아야 하는

이유가 되기도 한다는 것을

한국 아버지는

굳이 말로 하고 싶지는 않습니다

그냥 웃으면 되는 것을

* 『한겨레신문』 2019.7.30, 삼성전자 기흥반도체 공장에서 일하다 백
혈병으로 숨진 황유미 씨의 아버지 황상기 반올림 대표와 삼성전자
베트남 타이응우옌 공장에서 일하다 사망한 르우티타인뗨의 아버
지 르우반띠엡이 베트남 집에서 만나 나눈 대화 중 일부분.

햇반 더하기 컵라면

그건 김제만경평야의
쌀로 만든 것이다
아니다 그건 콜로라도
우크라이나 산동성에서 들여온
GMO 밀로 만든 컵라면이다
아니다 아니다
중요한 건 그게 아니다

불 꺼진 공장 숙소에서
그 누구보다 오랜 시간
소년의 귀가를 기다려온
김제만경평야
벼꽃을 닮은 하얀 햇반
콜로라도 우크라이나
산동성의 따가운 햇살이
키운 컵라면
오직 현장실습을 나온
소년을 위한 것이었으나
정작 그는 아침 8시 30분부터

저녁 10시 30분까지
하루 13시간 동안
쉬지 않고 일해야 했으며
일한 시간만큼 자주
고장 나는 기계 앞을
떠나지 못했다
갑자기 멈춰 선 기계가
열여덟 소년의 시간까지
멈추게 할 때까지

햇반과 라면의 시간도
소년의 오지 않은
미래와 함께 져버렸다
오직 소년의
한 끼 저녁 식사를 위해 기다려온
김제만경평야의 바람도
콜로라도 우크라이나
산동성의 따가운 햇살마저도

글렌 굴드의 노동 일기

서곡이 채 연주되기도 전에
음악에서 내몰렸다
이제 남은 생이란
도망칠 일만 남았다
가는 어깨에
새로운 시간이 더해졌지만
굴레의 다른 이름일 뿐이었다
새벽기도를 마치고 돌아가는
교회 승합차에 그려진
십자가를 보면서
하나님을 만났다
모든 음계의 기억을
짙은 안개 속에 묻어버린 후
다니기 시작한
인력 사무실 앞에서였다
의미 없는 생은 없느니
하나님은 그 말만 남기고
다른 차량에 섞여 사라졌다

그날 이후 힘들이지 않고

공사 현장의 노란 깃발을

흔들게 되었다

지게차도 몰게 되었다

인대가 늘어나는지도 모른 채

비계를 타게 되었다

오늘도 인력시장에

가장 먼저 도착한 그는

보풀이 일어난

갈색 철제 의자에 앉아

믹스커피를 마신다

마지막 연주를 위한 준비는

늘 달고 뜨거웠으니

5월이 가네

염목도 못 한 채 하늘 보고
누운 저 남자

삼베옷 대신 보릿짚으로
가린 저 사내
아무도 기억하지 못하는 노래를
알고 있던 이

어두운 그늘
지는 노을에 비친
강물 따라
노래 따라
너무 멀리 돌아왔네

바다를 떠돌던 이여
하늘을 떠돌던 이여

이제 돌아와

저기 빈 몸으로

누워 있네

보릿짚 되어

누워 있네

5월이 가네

굴비를 엮으며

모두 그렇게 팔려 갔었느니라
네가 네댓 살 무렵
뒷산 대숲이
이상한 조짐으로 술렁이면서
돌아올 줄 모르던 네 아비를
기다리며 시작한 이 일이
아직도 살아 있는
맑은 눈빛의 고기를 만나면
애야, 난 어찌나 섬뜩해지는지
감나무 이파리에라도 싸서
제 갈 길로 놓아주고 싶더구나
한 두름씩 엮다 보면
여태 소식 없는
네 아비 생각도 나고
언젠가 한 번 가보았던
단란치 못한 너희 학교도
생각나더구나
잘 말려진 상품 굴비들은

아직도 눈을 반짝이며

소금에 절인 비늘을 돌아보고

무슨 말을 하는 것 같아

이놈들만은 도회지 말 많은 술안주로

내보내고 싶지 않아 손이 더 가지만

내 힘으로 할 수 없는 일이

더 많구나 아들아

바다 한 켠을 허물고 살아온

내 생애를 돌이켜보면

어느덧 한 두름 두름씩 엮이어

낯선 곳으로 끌려가고 있구나

잔물결로 출렁이는구나

우리들은 언제쯤 지친 몸부림으로

어둠 끝에서 잠들 수 있을는지

어깨를 털고 일어나야겠다

아들아

바질

바질 씨를 넣은 화분에
올이 풀린 분홍 머리핀을 꽂은
유기견이 자리를 잡았다
가장 먼저 한 일은
절룩이는 뒷다리가
보이지 않을 정도로
화분을 파는 일이었다
그곳이 바질의 자리라는 것을
처음부터 잘 아는 눈치였다
화분 안 숨겨진 돌이 드러나자
그제야 안심이 되는 듯
둥근 돌 위에
두 다리를 앉힌다
가쁜 숨을 고르는 사이
올이 풀린 분홍 꽃핀
바람 따라 흔들리고
절룩이는 뒷다리를
화분 안 깊숙이 밀어 넣는다
바질 심은 곳에 바질 난다

파꽃 서사

모두가 잠든 저녁
도시의 사내들은
어둠 속으로 도망친다

간혹, 사막 가운데
도망쳐 온 고국의
여자를 닮은
돔형의 왕국이 세워지고
전쟁과 역병으로
일순간 폐허가 되었다는
비보가 전해지기도 하였으나
모두 확인되지 않는
소문들뿐이었다

공단 지대 오피스텔 빈 공터
누군가 심어놓고 떠난 파밭,
그새 일 년이 지나 있었고
주인은 여전히
돌아오지 않은 채였다

제초제

고모네 새로 태어난 게 세 마리 중
한 마리가 죽었다
제초제 뿌린 풀을 먹어서
그런 것 같다고
비가 많이 와서
풀이 금방 자라니까
안 뿌리지도 못한다고
나머지 두 마리는
아직 지켜보고 있다
괜찮은지는 며칠 더
두고 봐야 한다

뼈 한 조각
― 세월호 아이들을 위하여

우리는 여전히 그 자리였으나

그 자리가 아닌 곳을 맴돌았다

꽃이 피고 비가 내렸다

바람이 불고 눈이 흩날렸다

경계도 없이 떠돌고 있었으나

여행은 진행 중이었고

어디로 향하는지

어디에서 끝내야 하는지

알지 못하므로

돌아가지 못했다

1311일 3년 7개월

나의 우주

지구의 전부

살아 있는 모든 이유

뼈 한 조각으로라도

꼭 돌아가야 하는

이유였으나

......

메마른 겨울

겨울이 시작된 지
이미 두 달 전의 일이었다는 것을
모르는 척 파리는
아무렇지도 않게
커피잔 주변을 날아다닌다

필리핀 민다나오섬으로
수출한 쓰레기는
컨테이너 51개에 실려
되돌아오고 있는 중이었고

어디에서 온 건지
불분명한 미세먼지는
회색 콘크리트 벽처럼
앞을 가로막는다

광화문 광장
하얀 마스크를 쓴 시위대

구호는 분명했지만
함성이 되지 못한 채 잦아들고

교회에서는
메마른 겨울을 위해
두 손 모은다

예수님의 못

예수님의 손에 박혀야 했던 못은
제가 어떻게 예수님의 손에 박히는
못이 되겠나이까
저를 사용하시지 말고
다른 못을 사용하옵소서
하나님께 간절히 기도하자
한참 후에 응답해주셨다
아무도 내 아들의 손에 박히는
못이 되고 싶어 하지 않는다
농부의 괭이에 박혀
평생 밭을 갈고 싶어 하지 않는다
누군가의 가슴에
박힌 못이 되어
아파하고 싶어 하지 않는다
내가 너를 세상에 보낸 것은
십자가에 박힌
나의 아들이 아파 울 때
함께 울어주고

농부가 지쳐 쓰러질 때

두 손이 되어주고

가슴에 박힌 못 때문에

잠을 이루지 못하는 이들의

친구가 되어주는 것이다

내 아들을 위해

더 많이 울게 해달라고

농부의 두 손이 되어

괭이질하게 해달라고

가슴에 박힌 못 박힌 이들의 곁에

구부러져서라도

머물게 해달라고

기도하는 것이다

제3부

누군가의 이야기를 들어주기만 해도

누군가의 이야기를
들어주기만 해도
한 시절을
함께 건넌 것이다
한 생애를 같이
산 것이다
누군가의 이야기를 들어주는
그 한 사람이
바로 너여도 괜찮은 이유이다

배려

힘들다고 할 때
눈을 맞추며
몸을 앞으로 기울여주는 것도
차 한잔 마시자고 할 때
이유를 묻지 않고
옆에 앉아주는 것도
점심 같이 먹자고 할 때
함께 있어주는 것만으로도
지구의 자전축을
한 바퀴 같이 도는 것이다

놓아주는 것도 사랑이다

떠난다고 할 때
놓아주는 것도
사랑이다
마지막 그림자가
사라질 때까지
지켜보지 않아도
뒤돌아보지 않아도
어두운 골목
홀로 밝히는 가로등처럼
천년 된 은행나무처럼
자신의 자리를 지키는 것도
사랑이라고
그래도 괜찮다고
아프지 않다고

망가지지 않으려면

좋아하는 것을 해야 한다
그래야 혼이 나가지 않는다
그래야 산다

저물녘의 기억법

하루아침에 은행나무 잎
절반은 버렸다
바람이 불 때마다
더 멀리 날려 보낸다
반나절 만에 부러지고
엇나가기도 한 시간들
나이테보다 더 선명해진다
저물녘
잡는 것보다
떠나보내는 데
익숙해져야 한다

농부

씨앗을 가슴에 품고
봄을 기다리는 사람이다
다른 것 다 내려놓아도
그것만은 내려놓을 줄
모르는 사람이다
그것만은 내려놓아서는
안 되는 사람이다

호미를 씻으며

호미의 손을 씻는다
호미의 발을 씻는다
호미의 귀를 씻는다
호미의 눈을 씻는다
호미를 부리는 건
사람 손 같지만
실은 호미 혼자서
다 한 일이라는 것을
호미 목처럼 같이
구부러져본
사람은 안다

고구마

고구마는 땅의 심장이다
아이 심장 작은 고구마
어른 심장 큰 고구마
우리가 숨 쉬는 건
땅 밑에 주렁주렁 숨겨둔
심장 덕분이다
줄다리기하듯
서로 손 기대어 달려 나오는
고구마 덕분이다
그때마다 뛰는 것을
처음 배우는 것처럼
붉은 심장
힘차게 펌프질한다

제장마을에서

되새김질을 처음 배운
송아지 앞에서
하얗게 손을 흔드는 구절초
노란 웃음 머금은 똥딴지
몸을 뒤척이며
느리게 흘러가는 강
간혹 잊고 있었다는 듯
깊어지는 물살 위로
내려앉는 나뭇잎들
숲이 다 내려올 수 없어서
바람에 날려 보낸 것이다
따가운 햇살에 데워진
자갈 위에 앉아
젖은 몸을 말린다
강물 속에 비친 뱀이
산속에 내려앉은
숲처럼 붉다
제장마을에서 우리는
모두 뱀이 되었다

청령포에서

청령포에서 서강은
오른쪽으로 기울어진다
언 강 위를 나는 새들도
바로 날지 못한 채
물길 따라 난다
천년 소나무도
물속 이끼도
강처럼 기울어진다
왜 오른쪽으로만
모래톱을 키우고
기울어져버린 것인지는
얼음을 가르며
마지막 배를 떠나보낸
포(浦)에 서서
서쪽으로 운항하는
붉은 노을을 보면
저절로 안다
그렇게라도 흘러야 하고

날아야 하기 때문이라는 것을

오늘도 눈이 쌓인 포에서

강을 따라 오른쪽으로

기울어진다

돌아 흐르는 강
— 청령포에서

한양에서 도망쳤다

유배된 자이다

아니다

모두 모함이다

꽃이 되지 못한 채

떠도는 바람이

지어낸 것이다

거침없이

지나가려 했을 뿐인데

한 생애를 걸었다

꿈을 접어야 했다

사랑조차 내려놓았다

직선거리 60km를 220km나

돌아 흐른 이유이다

나룻배로 반나절 길

몇 년이 걸렸다

아니, 몇백 년이 걸렸다

미처 따라오지 못한 기억들

저만치 모래톱 언저리

원추리꽃 세운다

멈추고 싶을 때

부표처럼 경계에

머물러도 된다는 것을

흔들리는 여뀌 풀이어도

한 생애를 걸지 않아도

꿈을 접지 않아도

사랑조차 내려놓지 않아도

된다는 것을

아는 데 걸린 시간이었다

풍기할매

새벽인데 현관 벨이 울린다

6층 풍기할매다

소띠 95세

어제 풍기인삼축제 다녀오셨다면서

신문지에 둘둘 만 것을 들고

인삼 황기 녹두 마늘 대추 찹쌀을

처음부터 너코 달기 이그면 건져내고

황기를 빼고

죽이 후름하면 다글 발겨서

휘이 저어서 소그믈 타가지고

머그면 돼요

라고 하셔서

인삼은 어떻게 다듬느냐고 되묻자

못 미더웠던지

쪽지 칼을 달라고 하셔서

인삼 껍질을 살짝 벗기고

뇌두 부분을 자르고

마르기 좋게 썰어주신다

다 썰고 채반에 깔아두자

그제야 안심이 되는지

손을 털고 일어서시는

풍기할매

11월

아직은 천년 된 은행나무

잎을 다 버리지 않았다

미처 털어놓지 못한

이야기가 있다면

더 미루지 말아야 한다

오래전 떠났으나

떠나보내지 못한

가족사진 듬성듬성한

빈자리의 이유를 드러내고

싶지 않았을지도 모른다

노란 나뭇잎이 가려주고 있던

검은 옹이 속 밑바닥

웅숭히 가라앉은 것들

지금 말하지 않으면 영원히

묻어야 한다는 것을

마지막 길 떠나기 전

가쁜 숨 모두며

뱉어낸 완성되지 못한

자음들처럼

나무의 빈자리가 보인다

아직까지 못한 이야기가 있다면

더 미루지 말아야 한다

10월이 계속되었다면

하지 않아도 될 말들이었다

하송리 은행나무

하송리 은행나무를
세우고 있는 것은
천년 된 뿌리이다
바람이 불 때마다
쓰러지던 우듬지를
제자리로 돌려놓은 것도
모두 뿌리 덕분이다

하송리 은행나무의
뿌리를 지켜주는 것은
은행나무 아래
하늘 향해 솟아나는
하늘샘 덕분이다
아무리 퍼내도
쉬지 않고 하늘 향해 솟구친다
미나리밭으로 논으로 이어진다
남한강으로 흘러든다

하송리 은행나무의

넓이와 높이를 지켜준 것은
천년간 함께 나이 든
마을 사람들 덕분이다
은행나무를 처음 심었던 이도
그것을 가꾼 이도
아플 때마다 안아준 이도
그들이었다

하송리 은행나무가
가을마다 노랗게 물드는 것은
영월 사람들의 그리움 때문이다
의병 한다고 떠나고
징용 끌려간다고
6 · 25 전쟁 나간다고
삼척 태백 사북 고한 광산 간다고
안산 공단 간다고 떠나
다시는 돌아오지 못한 이들

이제 흔적도 없이 사라진 하늘샘

함께 묻혀버린 미나리꽝

남들 다 잊어버린 지 오래여도

혼자 못 잊어 앓다가

색(色)이 된 것이다

바람이 된 것이다

늦가을까지 저 혼자 노랗게

물드는 것도

흔들리는 것도

그 때문이다

엄마를 잃은 I에게

엄마 없이 눈 뜨는 세상이
낯설고 또 낯설어
헤맬 것이다
그런 날이 계속된다는 게
믿기지 않아
자주 뒤돌아보게도 될 것이다
지진이 난 것처럼
바람이 부는 것처럼
자주 흔들리게 될 것이다
어두운 들녘을
저무는 강을
오랫동안 바라보게 될 것이다

저물녘 묵상

어둑어둑 깊어지는 들녘
이제 두 손 모읍니다
흔들릴지라도
쓰러지지 않게 하시고
혹 바람에 넘어지더라도
이 자리에 머물게 한
신의 뜻을 깨달아
일어날 힘을 주옵소서
날이 저물어 잠이 들 때
서로의 어깨에 기대는 게
짐이 아니라
당신이 기뻐하시는 일임을
알게 하옵소서
하루 종일 귀를 시끄럽게 하던
새들도 돌아갑니다
저희들도 이제 돌아가오니
받아주옵소서
저들처럼 우리도
오래도록 깃들게 하옵소서

두 발을 강에게

젖은 양말을 벗고
따가운 햇살에 몸을 뒤척이는
강에게 맡긴다
쉽게 펴지지 않는 발가락
우린 너무 오랫동안 걸어왔다
따뜻한 온기가
발끝에서 온몸으로
퍼져나간다
불안정하게 흔들리던
심장도 조용해진다
두 발을 강에게
내어 맡기는 일
오랫동안 꿈꿔왔으나
이루지 못한 일이었다
눈을 감고
오랫동안 뜨지 않을 일이다

제4부

줄배

나의 의지대로
바람처럼 살겠다고 하였으나
당신 뜻대로
정해진 길을 가지 않겠다고 하였으나
결국 줄배처럼 묶여버렸다
그것을 안 때에는
이미 남한강변
아슬하게 매달린 진달래꽃들
다 져버린 후였다

벽

인사는커녕
따뜻한 말 한마디도 건네지
못했네요
자작나무처럼 우뚝 세워져야 하는 것도
가장자리를 밝히는 흰 수국꽃처럼
활짝 피어야 한다고 여기지도
서강을 붉게 물들이는 노을처럼
져야 한다고 여기지도 않았네요
늘 선택은
무너지거나 넘어서거나
둘 중 하나였습니다
모든 것이 다 사라졌을 때에야
마지막 울타리였다는 것을
많이 늦었지만 인사를 전합니다
그쪽에서도 들렸으면 좋겠네요

바람의 일

바람처럼 떠도는 것이
의지로 되는 일이라고
굳게 믿고 있었던 때가
있었다
꽃이 피고 지는 일과
예보에 없던 천재지변조차
어느 날 문득
하나씩 거둬간다
의지대로 되는 일이란
아무것도 없다는 것을
알 때까지

연리목

이백 년을 함께 산 소나무가
뿌리째 뽑히는 데
걸리는 시간은 단 일 분

운명은 늘 그렇게
예고편이 없다

보지 못한 것들을
보게 하고
견딜 수 없는 것을
견디게 한다

이제 남은 일이란
죽어가는
자신의 절반을 위해
두 손 모으는 일

고통의 날 선 칼날 대신

깊이 상처 난
그 이면을 보게 해달라고
고요한 침묵으로
머물게 해달라고

그건 함께 공존한 시간에 대한
예의이자
익숙한 생존 전략이기도 했다는 것을

예고편이 없는 운명에게
들려주고 싶은 말이기도 했다

당신의 이름을 지울 수가 없네

당신 이름 세 자

지우기 위해

읍사무소 앞까지 갔다가

돌아서기를 몇 번

신고도 하지 않았는데

건강보험증이 새로 날아온다

당신의 이름이 없다

내 손으로 지우지 않으니까

국가가 나선다

전화국에서도

당신의 명의로 된 전화기를

기한 내에 실제 사용자 이름으로

바꾸지 않으면

직권으로 해지하겠다는

문자가 날아온다

당신의 이름으로 된 것들은

이제 존재를 부정한다

지상에 살았던 흔적

지워야 하는 의무를

홀로 짊어진 채

오늘도 여기저기

서성거리기만 하다

돌아서기를 몇 번

결국 아무것도

제대로 지우지 못했네

당신의 이름을

지울 수가 없네

콩 고르는 저녁

이른 저녁을 먹은 후
형님과 콩을 고른다

반 정도 갈라진 것
모서리 검게 벌레 먹은 것
염주알처럼 구멍 난 것

다 골라내고
자루에 담아 저울에 올리자
두 말이다

두어 되 콩가루 내고
청국장 띄우고
메주 쒀서 매달아야지

저녁마다 쏟아지는
별도 함께 매달아야지
소나무도 같이

붙여줘야지

황순이 그걸 보고 짖어대면
소리나 한 번 냅다
질러줘야지

가재골 비탈밭처럼 주름진
형님 눈가로
콩가루처럼
환한 웃음이 번진다

가재골 형님

옥동천과 남한강이 만나는
병창 고라데이에서 사시는
가재골 형님은
일요일마다 영월로 나오신다
여호와의 증인으로
회당에 나가시기 때문이다
예배드리고 전도 마치면
두부 한 모 사서
가재골로 올라가신다
해거름이 어둑어둑 밀려오는
오후 5시 무렵
13년 된 낡은 모닝으로
형님을 모실 때마다 미안하다
라이닝 닳는 소리도 나지 않고
오르막길도 한달음에 올라가는
좀 더 좋은 차로 모셔야 하는데
소리가 커질수록 미안함도 커진다
가재골에 도착하면
형님이 기르시는 개 세 마리

꼬리가 빠지도록 몸을 흔들고
산돼지 쫓으라고 풀어놓은 진구는
달려와 내 등에 턱석 매달리다
고모에게 혼이 나도 그때뿐
동아줄처럼 튼실한 꼬리 흔들거리며
고모 뒤를 그림자처럼 뒤좇고
아궁이 군불을 때고
부르스타에 숭덩숭덩
자른 두부 넣고 끓인 된장찌개
배추김치 한쪽 얹은 저녁 먹고
내려올 때면 밖에까지 나와
어두운 비탈길
후래쉬를 들고 비춰주신다
그때마다 진구도 따라서 컹컹거리고
별도 같이 빛나는 그런 저녁
오래된 차에서 나오는 소리는
여전해도 저 별 중 한 개 정도는
형님이 비추는 후래쉬라고 생각하면
그게 어디든 잘 도착할 것 같다

우리 큰오빠

큰오빠는
엄마 아버지를 모시고 사신다
아버지는 30년 전에
엄마는 7년 전에
돌아가셨지만
지금까지 여전히 계신 것처럼
안부를 물으신다

큰오빠는
의성집을 모시고 산다
본인이 사는 집은 대구지만
엄마가 마지막까지 살았던 의성집을
일주일에 한 번씩 가서 살펴야
마음을 놓는다

큰오빠는
아버지 엄마가 평생 농사지어 일군
잠배이 밭 천체이 솔밭거리
논을 섬기신다

모두 남을 주었지만
한 평도 팔지 않은 채
돌보신다

큰오빠는
세 명의 동생들을 섬기며 산다
대구에 사는 두 동생과
강원도에 사는 여동생에게
가을걷이가 끝나면
쌀을 찧어서 평등하게 나눠주신다

그런 오빠가 요즘 많이 아프시다
그런데도 여전히 의성집을 오가며
집을 보살피며
동생들 쌀 부쳐주는 것을 염려한다

그만해도 된다고 말하고 싶지만
그게 오빠의 존재 방식이라는 것을 알기에
오늘도 감사 안부를 올린다

고모 생각

일어나면 고모 집에 가는 게 일이었다
모두 아버지 엄마 심부름 때문이었다
너거 고모 집에 가서 된장 좀 얻어 와라
백김치 얻어 와라
치이 좀 빌려 와라
눈이 내 키보다 더 쌓여 있을 때에도
장화를 신고 다녀와야 했다
제사가 있는 날이면
제삿밥을 드시러 오셔야 했고
장에서 산 갈치나 고등어를 나누기 위해
돔배기 한 토막 나누기 위해
그게 무슨 일이라도 괜찮았다
아버지는 늘 너거 고모
오시라는 게 일이었다
앞에서는 누부, 누부야라고 부르며
볼을 들썩이며 웃으셨다
일찍 부모를 여읜 아버지에게
고모는 아버지였고 어머니였다

고모에게도 아버지와 동생댁은

아버지였고 어머니였다

두 분이 허물어지기 시작한 건

아버지 먼저 돌아가시고 난 후부터였다

고모는 여전히 우리 집에

자동 시계처럼 불려오셨지만

누부야라고 부르는 동생이 앉은 자리를

채우지 못했다

그런 고모는 동생댁의 임종을 지켰다

쓸쓸하고 외로운 마지막이었다

몇 년 뒤 고모도 뒤따라가셨다

남아 있을 이유가 없는 세상이었다

누부, 누부야라고 불러주는 동생네로 가는 게

백 번 더 좋아 보이는 날이기도 했다

언니에게

바람이 부는데도
꼿꼿하게 서 있으려고 하면
부러져버려

꽃과 나무들이
바람이 불 때
같이 흔들리는 건 그 때문이야
부러지지 않으려고
흔들리는 거야
바람이 잔잔해지면
멈추고 한숨 돌리는 거지

돈 들여 철망 울타리
치지도 말고
CCTV도 설치하지
않아도 괜찮아
그게 없어도 괜찮아
아무 일도
일어나지 않아

장성 가는 길

장성 공병학교에서
후반기 훈련 받는
아들 면회 가는 길

기갑병이면 좋겠다고 했는데
지뢰병으로 배치받았다고 한 게
두고두고 마음에 걸렸다

영월에서 광주까지
다시 장성까지
그곳에서 사창 가는 버스 갈아타고
상무대에 도착해
아들을 만난 것은
오후 3시 넘어서였다

엄마
아들이 첫 번째로 한 말이었다

감자전을 구우며

군부대 면회실
부르스타를 탁자 위에 올려놓은 채
후라이팬을 얹고
집에서 갈아온 쪽파를 썰어 넣은
감자전을 굽는다
허겁지겁 뜨거운 것으로 채우느라
아들의 입이 풍선처럼
부풀어 오르기를 몇 번
젓가락질이 뜸해질 무렵
산림경영학과에 다니는 네가
왜 지뢰병이 되었는지
아무리 생각해도 모르겠다고 하자
군대는 피아노를 잘 친다고 하면
피아노를 옮기는 일을 시키는 곳이라고
그림을 그렸다고 하면
붓 대신 총을 쥐여주는 곳이라고
글을 잘 쓴다고 하면
나무를 베게 하는 곳이라고

군대는 그런 곳이라고
그래서 내가 지뢰병이 된 것이라고
여긴 그런 곳이라고
쪽동박나무 가지처럼 가는
아들의 손은 여전히
감자꽃처럼 하얀 전을
뒤집고 있다

개장

천년이 지나도 썩지 않는다는
붉은 향나무 관이 드러났다
인부들이 괭이와 삽으로 내려쳤지만 틈도 주지 않자
결국 장의사가 가지고 온 장도리에
몇 사람이 붙어 겨우 벌린다
왜 저런 걸 썼는지 모르겠다고 장의사가 투덜대자
사장님이 그게 가장 비싼 거라고 해서 쓴 것이라고
오래간다고 권하지 않았냐고 반문하자
헛웃음을 치며 관을 친다
한참 만에야 드러내신 어머니
떨어지던 아카시아꽃조차 숨을 죽인다
물이 찼다고
이런 몸으로 화장장으로 모실 수 없다며
관을 비스듬히 세워놓으신다
붉은 관의 한 면에 누우신 어머니
5월의 한낮
어머니의 눈물이 흘러내린다
아직도 못다 흘린 눈물이 남았는지

호미질했던 밭으로

씨 뿌리시던 땅으로 스며든다

광산 다니던 맏아들

다른 세상 꿈꿨다고 끌려가자

그게 뭐 잘못이냐며 서울까지 가서

데모도 했다는데

그 아들 나와서 살림 차리고

잘 사는가 싶더니

이태 전에 어머니 곁으로 갔다는 소식

그곳에서도 들으셨는가

관에 물이 차면 좋지 않다는데

잘 꺼냈다고 꺼냈다고

이 어르신은 누워서도 힘이 많이 드셨다

편해지시려면 앞으로도

10년은 더 걸렸을 것이라고

잘하는 일이라고 잘하고말고

입속에 맴도는

마지막 말은 끝내 내뱉지 않은 채

장의사의 손에 힘이 들어간다
어머니 옆에 함께 모셨던
아버님은 하염없이 기다리신다
온 곳보다 더 멀리 흘러가는
강물 소리 바람 소리
분감자처럼 하얀 아카시아꽃
소리 없이 쌓이고……

꽃이 진 자리

언제나 계속될 것 같았던 일상들
어느 순간
툭
끊어진다

한 생애가 졌다
나도 같이 저물었다

닥나무 서사

얼굴도 한 번 못 뵌
아버님은 이미 아셨다
아들이 밖에서 데려올 여자가
종이 위에 적는 것을
좋아한다는 것을
닥나무가 아들의 손목처럼
굵어질 무렵
아들은 여자를 데려오는 대신
감옥으로 끌려갔다
금지된 노래였고 꿈이었다
아들이 여자를 데리고 온 것은
감옥에서 세 번의 겨울 나고도
몇 년의 시간이 지난 후였다
아들이 처음으로 바다를 본
날이기도 했다
닥나무처럼 서서
아들의 손을 잡고 선 여자를
바라보던 아버님은

저기 선 나무는 무슨 나무야

라고 아들에게 묻는 여자에게

말해주고 싶었다

여기 보이는 닥나무는

내가 다 심은 거야

다행히도 그 말은 아들이

대신 해준다

아버님이 주신 마지막 선물

여자는 지난 세월만큼이나

거칠었던 종이 위에

연필로 꾹꾹 눌러쓴다

여자의 손을 잡고 왔던

그 아들마저 닥나무가 된

다음이었다

신발

30년 전에 돌아가신 아버지는
신발을 신고 돌아오지 못하고
병원 앰뷸런스에 실려 오셨다
아버지 신발은 옷들과 함께
쇼핑백에 담겨 왔다

1년 전 병원에서
돌아가신 큰오빠는
119에 실려 장례예식장으로
바로 모셨다
신발은 쇼핑백에 담겨
함께 장례식장으로 왔다

그 전해에 떠난
그는 신발도 신지 못한 채
119에 실려 집을 나섰다가
끝내 돌아오지 못했다

그곳에서는 무엇을 신고

사는지 궁금하다

봄 안부

아빠, 이제 제대했어요
2019년 6월 5일 자예요
육군 용사상이죠
특별한 건 아니고
그냥 제대하면 다 주는 거예요
제1기갑여단장
김창수 준장님이라고 되어 있네요
인사가 조금 늦었어요
농협에서 알바 시작했거든요
차도 없고 여긴 위험지구여서
들어오지도 못하잖아요
작은 집도 떠나고
그래도 펜스를 쳐둬서 안심이에요
늘 걱정이었어요
엄마 혼자서
멧돼지 걱정 많이 하셨거든요
아빠 아시죠?
지난 5월 25일 수목장해드린 거
할머니 할아버지도 같이 하셨어요

할머니 산소에는 물이 많이 나와서
비스듬히 세워놓고 물을 빼야 했어요
그냥 모시고 가면 화장이
잘 안 된다고 해서요
신기하게도 아빠는 물이 없었어요
이대로라면 10년 안에
다 몸을 벗을 거라고
장례예식장 사장님께서
덕담을 해주셔서 안심이 되었어요
아빠, 저 이제 가야겠어요
한 번씩 들를게요
차가 없어서 자주 오지는 못해요
아빠 뜻대로 대학 복학해서
공부도 마칠게요
저기 새소리가 시끄럽네요
물소리도 들리네요
아빠, 다음에 또 들를게요
사랑해요 아빠

21세기 사실주의 휴머니즘의 새 지평

김영철

1. 민중시의 정수, 다양한 시적 전략

김용아 시의 기본 흐름과 시선은 사회적 약자와 소외 계층에 고정되어 있다. 그는 늘 어둡고 음습한 음지에서 살아가는 사람들에 대한 연민과 애정을 갖고 있다. 탄광 노동자, 이주 노동자, 일용직 노동자, 소작농민, 품팔이 일꾼, 떠돌이 장꾼 등 열악한 환경에서 힘들게 살아가는 사람들이 시의 주인공들이다.

사회학에서 이야기하는 경계인(境界人, marginal man)이 바로 그들이다. 이곳저곳, 어느 곳에도 뿌리내리지 못한 채, 삶의 변방에서 부평초처럼 떠도는 변두리 인간들의 초상화를 그려내는 일이 김용아 시인의 길이다. 삶의 정착지를 잃은 채 떠돌이 삶을 꾸려가다가 어느 날 문득 세상을 하직하는 민초(民草)들의 삶, 그곳에 시인의 시선이 꽂혀 있다. 그들과 함께 느끼고, 숨 쉬고, 살아보는

127

감정이입(empathy), 대리 체험의 분비물이 바로 그의 시편들이다.

말하자면 김용아 시의 지평은 노동시, 곧 참여문학, 실천문학, 민중문학의 지평에 열려 있다. 계급 투쟁적인 아지프로(agipro) 시는 물론 아니지만 문학의 현실참여, 앙가주망(engagement)의 포즈는 분명해 보인다. 목적시로서의 노동시, 계급 투쟁으로서의 정치시와는 거리가 멀다. 그의 시에는 인정의 꽃이 피고, 사람들의 인향(人香)이 물씬 풍긴다. 떡 한 줌 주고받는 훈훈한 인정과 인심, 아프고 힘든 이들을 감싸 안는 따뜻한 인간애가 잔물결처럼 흐르고 있다. 그런 점에서 김용아 시는 휴머니즘의 지평에 닿아 있다.

그의 시에는 한 송이 파꽃이 피어나고, 저녁 강에 노을이 지고, 밤하늘에 별밭도 펼쳐진다. 곧 진한 서정성과 감성의 크레용으로 휴머니즘을 색칠한다. 인상파 화가 르누아르가 그려낸 듯한 한 폭의 수채화, 풍경화가 펼쳐진다. 말하자면 김용아 시는 사회현실을 직시하되 거기에 서정의 옷을 입혀 아름다운 풍경화로 빚어내는 것이다. 엘리엇(T.S. Eliot)이 지적했듯이 사상을 한 다발 장미로 표현하고 있는 것이다. 리얼리즘 시각으로 사회현실을 직시하되 그것을 서정과 휴머니즘의 색깔로 빚어내는 것이다. 김용아 시가 척박하고 삭막하기 그지없는 현실을 그려내지만 장미의 향내와 인간의 향훈을 느낄 수 있는 것은 이러한 이유에서이다.

김용아 시에는 기독교적 상상력이 돋보인다. 어두운 사회현실, 소외된 군상들의 힘든 삶을 위해 기도하는 마음으로 연민의 정을 쏟아낸다. 그들이 용기와 힘을 얻어 힘든 현실을 극복하도록 기도한다. 무엇보다 희생과 봉사, 사랑과 헌신의 기독정신을 강조한다. 그런 점에서 김용아 시는 기도시, 찬미시라 부를 수 있다.

물론 기도시긴 하지만 기독 교리에 충실한 교리시는 아니다. 올바른 삶, 참된 삶을 위한 명상시요, 구원의 시인 것이다. 소외된 사람들이 용기와 꿈을 잃지 않도록 기도하고 있는 것이다. 물론 자신의 삶에 대해서도 늘 기도하고 있다. 그런 점에서 김용아 시는 윤동주의 기독교적 상상력에 물꼬가 닿아 있다.

또 하나 눈에 띄는 것은 강의 이미지다. 김용아 시에는 늘 강물이 잔잔히 흘러간다. 강을 직접 소재로 한 시도 많지만 강을 후경(後景)으로 배치하고 있다. 그의 시에서 강은 서정성을 빚어내기 위한 자연 대상이기도 하지만 때로는 인생사에 투사되어 삶의 의미를 천착하는 인생의 강으로 부조(浮彫)된다. 곧 자연사에 인생사를 대입하는 우주적 상상력이 돋보이는 것이다.

윤동주는 별 하나에 사랑하는 사람들의 이름과 추억을 하나씩 새겨놓았다. 그는 스쳐가는 바람에서 영혼의 숨결을 맡았다. 이를 우리는 우주적 상상력이라 부른다. 괴테가 노래했듯이 하늘에 별이 있고, 땅에 꽃이 있고, 우리 인간에게는 사랑이 있는 것이다. 별, 바람, 하늘에서 인간적 의미를 끌어내는 것이 바로 우주적 상상력이다. 우주적 상상력의 정수를 보여준 것이 윤동주의 『하늘과 바람과 별과 시』인 것이다. 김용아는 하늘, 바람, 별 대신에 강을 우주적 상상력으로 끌어들인다. 강에서 인간사의 이치를 헤아리고 있는 것이다.

김용아 시는 형태 면에서 단시와 장시를 통합하여 변증법적 조화를 이끌어낸다. 그의 시는 대체로 짧은 편이다. 심지어 세 줄짜리 3행시도 있다. 그의 단시는 열 줄을 넘지 않는다. 그야말로 단시의 정수를 보여준다. 그러면서도 빛나는 시적 형안(炯眼)

이 돋보인다. 곧 사물에 현미경을 들이대듯이 작고 미미한 것들의 아름다움과 진실을 포착하고 있다. 소위 현미경적 상상력(micro imagination)을 보여준다. 지나치기 쉬운 사소한 것에서 진정한 의미를 찾아내는 것이다. 고구마 줄기에서 생명의 끈질김을, 호밋자루에서 인간의 고된 삶을 유추해낸다.

비록 짧은 단시지만 이러한 현미경적 투시력으로 진실을 포착하여 빛나는 삶의 진리와 혜안을 빚어내는 것이다. 그의 시가 경구시(epigram), 명상시로 읽히는 이유가 여기에 있다.

동시에 그는 장시, 이야기시의 정수를 보여준다. 소외된 계층, 경계인들의 삶을 리얼한 시각으로 그려내기 위해서는 디테일한 내면 묘사가 필요하다. 그래서 계발한 것이 이야기시 양식이다. 이야기를 풀어감으로써 그들의 삶에 동화되는 감정이입 효과를 얻는 것이다. 간접체험 효과의 극대화를 위해서 서사(敍事)만큼 효과적인 것은 없을 것이다. 김용아가 선택한 이야기시의 시적 전략은 여기에 있다. 이처럼 김용아 시는 단시와 장시의 긴장과 조화를 통해 변증법적 형태미를 구축하고 있다.

2. 소외 계층의 형상화

김용아 시의 시선은 사회에서 소외된 계층들, 특히 탄광 노동자, 일용직 노동자, 이주 노동자에 꽂혀 있다. 노동 계층은 사회적 소외 계층을 상징한다. 더구나 김용아 시인이 살고 있는 영월 지역에 도계, 사북 등 탄광촌이 많기 때문에 시인의 현장 체험이 작

용한 것으로 보인다. 대부분의 그의 노동시들이 이러한 탄광 지구의 노동자들의 이야기가 주를 이루고 있다. 탄광은 이제 사양 사업이 됐지만 그 후 일자리를 잃고 살아가는 사람들, 힘들고 고달팠던 광부 시절의 이야기들을 후일담 형식으로 풀어낸다.

> 가슴조차 검었던 광부들이
> 광부가를 부르며 행진했던
> 구 안경다리 옆의 새 안경다리 밑
> 하얀 비옷 입은
> 강원랜드 사내하청 비정규직 노동자들
> 비정규직 철폐가 부르며 지나간다
> 지상의 직업 가지기 소원이었던 아비 대신
> 막장만 헤집고 다니던 남편 대신 가진 첫 직업
> 강원랜드 사내하청 비정규직 노동자
> 첫 번째 출정이다
> 아무도 지켜보지 않는 출정의 행렬
> 진폐병동에서 시든 남편이 지켜볼까
> 굴진하다 석탄 더미에 묻힌 아비가 들어줄까
> 노래는 흔적도 없이 거센 빗줄기에 묻히고
> 장례의 행렬처럼 강원랜드 카지노를 향해
> 묵묵히 나아간다
> 그들 뒤를 구 안경다리의 어둑한 눈빛이
> 조용히 뒤따르고
> 기차는 길게 소리를 내지르며
> 행렬의 맨 끝을 쫓아간다
> — 「안경다리를 지나」 전문

이제 탄광은 폐광이 됐다. 그의 남편은 진폐병동에서 조금씩 시들어가고 있다. 그래서 광부 아내는 폐광 후에 들어선 강원랜드 하청업체에 취직했다. 석탄을 캐며 두더지 인생으로 살아가던 남편이 그렇게 꿈꾸던 '지상의 직업'이지만 하청업체 비정규직에 불과하다. 남편이 처우 개선을 위해 광부가를 부르며 행진했던 다리가 바로 안경다리였다. 지금은 새 다리가 놓였지만 그 다리를 따라가며 비정규직 철폐 투쟁을 이어가고 있다.

비정규직 역시 불안한 신분과 미비한 처우는 변한 게 없다. 막장 광부나 비정규직 노동자는 그야말로 변두리 인간들, 경계인들의 최후 직업인 것이다. 생계와 생존에 매달린 채 비정규직의 처우 개선을 위해 투쟁의 길에 나선 것이다. 하지만 희망이 없다. 빗줄기에 묻힌 투쟁가, 기차의 기적 소리에 갇힌 투쟁 구호가 상징적으로 현실을 말해준다. 오직 진폐병동에서 시들어가는 남편만이 응원하고 있을지 모른다. "안경다리의 어둑한 눈빛이" 그들의 어두운 앞날을 예시하고 있다.

「사북, 그 이후」는 「안경다리를 지나」의 속편이요, 자매 편이다.

사북의 마지막 광업소가 문을 닫고
이미 그 앞은 카지노로 가는
넓은 길이 뚫렸다
그 아래로 미처 철거 못 한
마당 없는 슬레이트 지붕 밑에는
늙은 광부가 연탄불을 갈고
얼어 온 무시래기를 서까래에
매달고 있다

그의 아우는 연탄 밑불처럼

제대로 타오르지도 못한 채

막장에서 걸어 나오지 못했다

가슴이 시커멓게 멍든 채 진폐병동에

누워 있는 친구들과

개망초 지는 길 따라나선 아우의 시간이

이렇게 버려지는 연탄 같지 않냐고

이제 카지노 가는

길목이 되어버린 안경다리

그 다리를 막은 채 광부가를 부르던

그때 그 검은 이들

퀭한 두 눈만 남긴 채 다 떠나고

노안(老眼)의 안경다리만 남아

눈을 부비며 서 있다

— 「사북, 그 이후」 부분

이 시는 1980년 사북사태, 그리고 2004년 폐광 후의 탄광촌의 풍경을 후일담 형식으로 풀어내고 있다. 사북사태는 1980년 4월에 있었던 노동항쟁이었다. 동원탄좌가 어용노조를 앞세워 임금 인상을 방해하자 탄광 노동자들이 시위를 벌였던 것이다. 70여 명의 인명 피해를 낸 큰 사건이었다. 후에도 탄광은 지속되었지만 에너지 정책의 전환으로 결국 2004년 문을 닫고 말았다. 지금은 탄광 체험과 카지노 사업에 기댄 관광촌으로 변신하였다.

이 시는 그러한 저간의 사정을 노인이 된 광부의 이야기로 풀어가고 있다. 그는 사북사태 때 앞장서서 투쟁가를 부르던 광부였다. 그의 동생은 막장에서 석탄 더미에 갇혀 사망했다. 이제는 노구를 이끌고 "마당 없는 슬레이트 지붕 밑"에서 "연탄불을 갈"며 "얻어 온 무시래기"로 근근이 살아간다. 광부의 인생은 살아서도 막장 인생을 벗어날 수 없는 것이다. 이처럼 막장은 광부들에게 벗어날 수 없는 삶의 울타리요, 감옥인 것이다.

이제 그에게 남은 것은 희미한 옛 추억뿐이다. 막장에서 숨을 거둔 "아우의 시간" 곧 동생의 인생은 개망초처럼 허무하게 져버렸고, 연탄재처럼 길거리에 팽개쳐졌다. 그렇게 허무한 삶을 살다 간 동생을 생각하며 "노안(老眼)의 안경다리"를 걸친 채 "안경다리"를 응시한다. 폐광이 된 고향마을이 쓸쓸하고 적막하다. 그것이 노인이 된 광부의 마지막 삶의 풍경이다.

이런 광부들의 비참한 삶은 연작시 형태로 지속된다. 버려진 노예로 살아가는 광부들을 그린 「폐갱(廢坑)에서」, 뒤로 밀리는 것은 앞으로 더 나가기 위한 것이라고 노래하는 「도계를 넘으며」, 광부들의 막장 인생을 리얼하게 재현한 「사북 기행」, 정선 매몰자 광부의 죽음을 애도한 「한덕철광 신예미광업소 매몰자를 위하여」에서 계속 변주된다.

이러한 김용아 시인의 경계인들에 대한 시선과 연민은 탄광 노동자 뿐 아니라 다양한 소외 계층으로 확산된다.

먹다 남은 반찬을
검은 비닐봉지에 쓸어 담는 노숙자와
구세군 이동 봉사차에
무료급식을 기다리는 행렬
가치담배를 파는 노인들
무심한 바람결만큼 눈빛은 비어 있다

노란 물 들어가는 대학로 KFC 앞
흰머리 섞인 이주 노동자가
유인물을 돌리고
비정규직 노동자들은
차별 철폐 깃발을 펄럭인다

― 「10월에」 부분

　「10월에」에는 다양한 경계인들이 등장한다. 먹다 남은 반찬을
비닐봉지에 담는 노숙자, 무료급식을 기다리는 행렬, 가치담배를
팔아 생계를 이어가는 노인들, 머리가 희끗한 이주 노동자, 비정
규직 노동자가 그들이다. 한결같이 사회에서 소외된 변두리 인간
들이다. 그들이 인간다운 삶을 위해 대학로 길거리에서 투쟁가를
부르고 있지만 "무심한 바람결만큼 눈빛은 비어 있고", 대중들은
"잎 진 나무처럼 발길을 돌"릴 뿐이다. 그들의 함성은 "검은 비닐
봉지를 든 노숙자"의 "그림자처럼" 골목으로 사라질 뿐이다. 사회
적 약자가 갈 길은 그처럼 멀고 험난한 것이다. 이 시는 그야말로
경계인, 변두리 인간들의 전시장 같은 총체성을 띠고 있다.
　「펜스공」은 펜스, 곧 울타리를 치는 펜스공의 아슬아슬한 삶을
그린 것인데 시적 함의(含意)가 뛰어나다. 자신이 친 펜스 안에서
살고 싶지만 끝내 펜스 밖으로 밀려나 변두리 인간으로 살아야
한다. 물론 이때 펜스 안은 모든 게 충족한 안락한 삶의 영역이다.
펜스공은 영원히 그곳에 진입하지 못한 채 밖에서 살아야 한다.
하지만 "펜스의 가파른 끝에서/그나마 밀려나지 않"고 사는 것을
다행으로 여기며 살아간다. 그야말로 펜스 끝에 매달린 채 아슬
아슬한 삶의 곡예를 펼치고 있는 것이다. 곡예사 같은 삶이 펜스

공의 삶인 것이다.

「석탄가루 묻은 수첩」은 태안화력발전소에서 비정규직 노동자의 피어보기도 전에 져버린 시간, "그의 것이었으나/그의 것이 되지 못한/헤아릴 수 없이 검은 날들"을 이야기하며 젊은 청년의 죽음을 애도하고 있으며, 「24번 꽃무덤」은 24번 계산대에서 일하다 쓰러진 여성 노동자를 위해 한 송이씩 쌓아 올린 꽃무덤에 관한 진술이다. 「굴비를 엮으며」는 굴비를 엮으며 평생을 살아온 아낙의 넋두리를 그리고 있다. 삶이 마치 조기 두름같이 꼬여왔다는 그녀의 푸념이 가슴 저미게 한다.

「글렌 굴드의 노동 일기」는 인력시장에서 의지해 살아가는 일일 노동자의 삶을 그린 것이다. "오늘도 인력시장에/가장 먼저 도착한 그는/보풀이 일어난/갈색 철제 의자에 앉아/믹스커피를 마신다/마지막 연주를 위한 준비는/늘 달고 뜨거웠"다고 노래하고 있다. 피아니스트 글렌 굴드(Glenn Gould)의 피아노 연주를 고달픈 하루의 삶의 위안으로 삼고 있다. 일일 노동자가 그의 곡을 들을 여유도 없지만 낡은 철제 의자에 앉아 마시는 믹스커피 한 잔이 감미로운 음악처럼 들리는 것이다. 일종의 미학적 역설을 통해 노동자의 고단한 삶을 노래하고 있는 것이다. 그들에게는 싸구려 커피 한 잔이 글렌 굴드의 피아노 연주처럼 달콤한 것이다.

김용아 시인은 외국 노동자들에 관한 관심도 빼놓지 않는다. 「밥 한 끼」는 삼성전자에서 일하다 죽은 한국과 베트남 노동자의 아버지가 만나 서로를 위로하며 격려하는 내용이고, 「파꽃 서사」는 한국에서 일하는 외국인 노동자들이 모국과 고향을 그리워하며 부르는 망향가다. 노동일로 살다가 무연고 사망자가 된 인생을 그린 「무연고 행려 사망자 공고문을 보며」도 빼놓을 수 없다. 김용아 시인은 이처럼 산 사람뿐 아니라 죽은 이들에 대한 연민도 깊었던 것이다.

하지만 시인은 결코 절망하지 않는다. 구조 헬기를 기다리는 헬리패드가 있듯이 희망의 끈을 결코 놓지 않는다. 변두리 인간들이지만 언젠가 행복한 삶의 지평이 열릴 날을 기다리고 있는 것이다. 그래서 헬리패드는 희망의 표상이요, 꿈의 무지개다. 시집 제목을 『헬리패드에 서서』로 삼은 이유도 여기에 있을 것이다.

시인은 민중시인답게 생태 환경에 대해서도 날카로운 시선을 던진다. 「제초제」는 제초제를 뿌린 풀을 먹고 죽은 개의 죽음을 애도하고 있으며, 「메마른 겨울」은 쓰레기와 미세먼지로 뒤덮인 환경오염 상태를 조명하고 있다. 이처럼 김용아 시인은 노동 환경에서 대기 환경에 이르기까지 폭넓게 우리 사회의 구조적 모순을 예리하게 포착하고 있는 것이다. 그야말로 리얼리즘 시인답게 '지금, 이곳에서' 일어나는 모든 부조리한 현상을 낱낱이 고발하고 있다. 그런 점에서 김용아는 진정한 이 시대의 리얼리스트요, 시대의 파수꾼이다.

3. 휴머니즘과 가족애

김용아 시에는 훈훈한 인간미가 넘쳐흐른다. 소외된 변두리 인간들에게 따뜻한 시선을 보내는 것 자체가 휴머니즘의 발로지만 가족과 이웃들에 대한 사랑과 배려도 김용아 시의 기본 정서다. 사회심리학자 에리히 프롬(E. Fromm)은 사랑의 유형을 신의 사랑, 부모 자식의 사랑, 이성 간 사랑, 이웃 사랑, 그리고 자신에 대한 사랑 등 다섯 가지 유형으로 나누었다. 프롬은 이 중에서 자신에 대한 사랑 곧 자기애(self love)가 모든 사랑의 근원이라 했는데 시인도 늘 자신에 대한 성찰을 통하여 자기애의 길을 닦고 있다. 이러한 자기애를 바탕으로 부모 자식의 사랑, 이웃사랑, 곧 형제애(brotherly love)를 실천하고 있다.

> 누군가의 이야기를
> 들어주기만 해도
> 한 시절을
> 함께 건넌 것이다
> 한 생애를 같이
> 산 것이다
> 누군가의 이야기를 들어주는
> 그 한 사람이
> 바로 너여도 괜찮은 이유이다
> ―「누군가의 이야기를 들어주기만 해도」 전문

시인은 누군가의 이야기를 들어주는 것만으로도 사랑은 충분한 것이라고 믿고 있다. 조용히 남의 이야기를 들어주어도 그것이 "한 시절을/함께 건"너고 "한 생애를 같이/산 것"이라 말한다. 이야기를 들어주는 것은 그 사람을 이해하고 그 사람의 생애에 뛰어드는 일이다. 그와 함께 숨 쉬고 동행하는 생의 동반자가 되는 것이다. 물론 그 대화의 상대는 바로 자신이기도 하다. 자신과의 대화, 그것은 자기성찰의 길이요, 자기애로 승화되는 일일 것이다.

남의 이야기를 조용히 들어주는 것, 그것은 곧 남을 사랑하고 나를 사랑하는 휴머니즘의 길임을 시인은 깨닫고 있다. 「배려」 역시 옆에 있어주기만 해도 힘이 된다고 노래하고 있다. 진정한 사랑은 '옆에 서서 같은 곳을 바라보는 것'이라는 만남의 의미를 일깨워 준다. 엄마를 잃은 아이에게 시인은 "바람이 부는 것처럼/자주 흔들리게 될 것이다/어두운 들녘을/저무는 강을/오랫동안 바라보게 될 것이다"라고 위로해주고 있다(「엄마를 잃은 I에게」). 이제 그 아이는 크면서 엄마가 없는 만큼 외로움에 흔들리며 살 것이다. 하지만 삶의 이치를 찾아 지혜롭게 살 것임을 확신하고 있다. 비록 어린아이지만 그의 생애를 멀리 내다보며 용기를 북돋아주고 있는 것이다.

「풍기할매」의 주인공은 95세의 풍기할매다. 나이가 많이 들었지만 나이만큼 인정도 깊어 풍기인삼도 가져다주는 것에 그치지 않고 먹기 좋게 다듬어주며 훈훈한 인간미를 실천하고 있다.

김용아의 휴머니즘적 시선은 가족들로 향한다. 그의 시에는 남편, 아들, 오빠, 고모 등 피붙이들에 대한 '피같이 진한' 사랑의 화수분이 넘쳐흐른다.

군부대 면회실
부르스타를 탁자 위에 올려놓은 채
후라이팬을 얹고
집에서 갈아온 쪽파를 썰어 넣은

감자전을 굽는다
허겁지겁 뜨거운 것으로 채우느라
아들의 입이 풍선처럼
부풀어 오르기를 몇 번
…(중략)…
쪽동박나무 가지처럼 가는
아들의 손은 여전히
감자꽃처럼 하얀 전을
뒤집고 있다

— 「감자전을 구우며」 부분

아들 면회 가서 어머니가 감자전을 구워 먹이는 풍경이다. 아들 면회 갈 때는 보통 통닭이나 피자를 들고 가지만 주인공은 특별한 메뉴를 준비했다. 직접 집에서 가져온 감자녹말와 쪽파를 프라이팬에 넣고 가스 버너로 굽는 것이다. 마치 집에서처럼 요리를 하는 것이다. 어쩌면 그것이 어머니의 사랑을 진하게 느끼게 해주는 방법인지 모른다. 감자전 하나라도 직접 내 손으로 만들어 자식에게 먹이고 싶은 모정이 돋보인다. 아들도 어머니의 손길이 닿은 음식이라 더 진한 모정을 느낄 것이다. 그만큼 자식 사랑이 남다르다. 이 시의 어머니는 바로 시인 자신일 것이다.

아들 역시 이러한 어머니 손길을 받으며 컸기에 부모님에 대한 애정이 남다르다. 「봄 안부」는 군에서 제대한 아들이 작고한 아버님 산소에 들러 인사를 올리는 이야기다. 제대하며 "육군 용사상"을 받은 이야기, 지금은 농협에서 아르바이트를 하고 있는 이야기, 아버지 수목장을 해드렸다는 이야기, 곧 복학해서 공부 열심히 하겠다는 이야기를 마치 살아서 아버지와 대화를 나누듯이 조곤조곤 풀어내고 있다. 아버지가 돌아가신 느낌이 전혀 들지 않고 부자 간의 훈훈한 가족애를 느낄 수 있다.

부인 역시 작고한 남편에 대한 변치 않은 사랑을 고백하고 있다. 남편이 죽은 후 모든 곳에서, 모든 사람들이 당신의 이름을 지우고 있지만 자신만은 결코 지우지 않겠다는 각오를, 운명적 사랑을 토로하고 있다. 그런 점에서 「당신의 이름을 지울 수가 없네」는 부부애를 영원한 사랑으로 승화시킨 망부가(亡夫歌)요, 헌화가(獻花歌)다.

4. 기독교적 상상력과 강의 이미지

김용아 시에는 십자가에 못 박힌 수난 예수의 피가 흐르고 있다. 늘 기도하는 마음으로 예수의 희생과 헌신 박애의 정신을 환기시킨다. 기도하는 성자, 그것이 시인 김용아의 참모습이다. 김용아의 기도는 물론 이타적인 사랑, 곧 이웃애로 확산되지만 무엇보다 자신에 대한 성찰과 혜안을 위한 묵상으로 이어진다. 곧 기도를 통한 자기성찰이 이웃과 동포에 대한 관심과 사랑으로 옮겨가는 것이다.

예수님의 손에 박혀야 했던 못은
제가 어떻게 예수님의 손에 박히는
못이 되겠나이까
저를 사용하시지 말고
다른 못을 사용하옵소서

하나님께 간절히 기도하자
한참 후에 응답해주셨다
…(중략)…
내가 너를 세상에 보낸 것은
십자가에 박힌
나의 아들이 아파 울 때
함께 울어주고
농부가 지쳐 쓰러질 때
두 손이 되어주고
가슴에 박힌 못 때문에
잠을 이루지 못하는 이들의
친구가 되어주는 것이다
…(후략)

—「예수님의 못」부분

　예수님이 십자가에 못 박혀 순교한 뜻은 아들과 농부, 이웃이 '아프고, 쓰러지고, 잠 못 들 때 함께 울어주고, 두 손이 되어주고, 친구가 되어주는 것'이라는 깨달음에 이르고 있다. 그런 점에서 십자가의 못은 헌신과 봉사, 사랑의 표상인 것이다. 그렇게 시인은 십자가에 못 박힌 예수처럼 이웃을 사랑하며 살리라 다짐하고 있다. 이는 종교적 각성이라기보다 인간적 각성이다. 참된 인간이 되기 위해서는 예수의 희생과 헌신의 정신을 본받아야 함을 깊이 깨닫고 있는 것이다.

　이러한 희생과 봉사, 헌신적 사랑의 기독 정신은 김용아 시의 기저(基底)를 이루고 있다.「저물녘 묵상」에서는 쓰러지지 않도록 일어날 힘을 달라고 기도하고 있고, 「글렌 굴드의 노동 일기」에서는 "교회 승합차에 그려진/십자가를 보면서/하나님을 만"나 하루 노동자에게 구원의 손길이 닿도록 간절히 기도하고 있다. 「메마른 겨울」에서는 공해와 부조리로 메말라가는 겨울을 위해 사회적 정화를 위해 기도한다. 그의 기도는 자기애, 이웃애, 형제애로 승화되는 사랑의 힘이요, 원동력이다. 헌신적 사랑, 아가페(agafe)적 사랑을 위한 참선인 것이다. 그런 점에서 김용아 시는 기도시요, 묵상시며, 종교적 증도가(證道歌)다.

김용아 시에 귀를 기울이면 강물이 흘러가는 소리가 들린다. 강물 소리를 듣다 석양을 보면 강물 위에 노을이 아름답게 펼쳐진다. 그처럼 김용아 시는 강이 시적 배경으로 기본 구도를 이룬다. 그렇다면 시인에게 있어서 강의 의미는 무엇일까. 그의 시의 라이트 모티브(light motive)를 이루는 강의 이미지는 김용아 시의 근원을 캐는 일이다.

김용아의 강은 단순히 자연으로서의 강은 아니다. 물론 표면적 의미는 표표히 흘러가는 자연의 강이지만 내면적 의미는 다양한 의미 층위를 갖는다. 우선 김용아의 강은 마음의 안식처, 영혼의 쉼터로 표상된다.

읽다 만 시집의
마지막 구절을 떠올릴 때
밤이 깊도록
끝내 보내지 못할
편지의 서문을 쓰고 있을 때

한 끼 저녁을 위해
두 손 모을 때
…(중략)…
그는 오래전 떠나온 강을
떠올렸다
강의 어디쯤에 서 있는지
잊어버렸을 때
간혹 소리 죽여 울기도 했는데
그건 돌아가는 길을
잃어버렸다는 것을
알았기 때문이다
그가 세상과 이어지던
마지막 손을 내려놓은 이유는
떠나온 강으로
되돌아가기 위해서였다
저 혼자 저무는 강과 함께
저물기 위해서였다
…(후략)

— 「강에게 시를 돌려드리다」 부분

  '시집의 마지막 구절에 눈길을 줄 때, 밤을 새우며 보내지 못할
편지를 쓸 때, 한 끼 저녁을 위해 기도할 때', 시인에게 떠오르는 것
은 강이다. 그만큼 강은 시인의 정신의 혼란, 정서의 갈등, 삶의 번
민을 해소하는 카타르시스(catharsis) 역할을 하고 있다. 시인은 마음
의 휴식처, 영혼의 안식처에서 길을 잃으면 소리 죽여 울어야 한
다. 이제는 더 이상 귀의(歸依)할 마음의 안식처를 잃기 때문이다.

어쩌면 시인의 강은 세상과 이어지는 손길을 마지막으로 내려놓고 돌아갈 영원한 안식처인지도 모른다. "저무는 강과 함께/저물기 위해서" 시인의 영혼의 눈길은 강으로 향해 있다. 그리하여 마침내 '걸어온 인생의 두 발을 접고 강에게 맡기는 일'이 마지막 시인이 걸어갈 길임을 깨닫고 있다(「두 발을 강에게」). 「제장마을에서」도 젖은 꿈을 말리는 위안의 강, 영혼의 강이 흘러간다.

김용아의 강은 인생의 강이기도 하다. 강물처럼 표표히 흘러가는 것, 희로애락을 끌어안고 마침내 바다에 이르는 길, 그 길이 바로 인생길임을 깨닫고 있다. 자연사에서 인생사를 도출은 우주적 상상력의 매개가 바로 강이었던 것이다.

> 청령포에서 서강은
> 오른쪽으로 기울어진다
> 언 강 위를 나는 새들도
> 바로 날지 못한 채
> 물길 따라 난다
> 천년 소나무도
> 물속 이끼도
> 강처럼 기울어진다
> 왜 오른쪽으로만
> 모래톱을 키우고
> …(중략)…
> 서쪽으로 운항하는
> 붉은 노을을 보면
> 저절로 안다
> 그렇게라도 흘러야 하고

날아야 하기 때문이라는 것을

오늘도 눈이 쌓인 포에서

강을 따라 오른쪽으로

기울어진다

— 「청령포에서」 부분

청령포의 모든 것들은 오른쪽으로 기울어져 운행한다. 강물이 기울어 흐르고, 모래톱도 오른쪽으로 쌓인다. 강 위로 나는 새도 강을 따라 굽어 날고, 천년 소나무도 물속 이끼도 강처럼 기울어 자란다. 지는 노을마저 서쪽으로 기울어져 퍼져간다. 이처럼 청령포의 온갖 현상들은 똑바로 일어나지 않는다. 모든 게 강물의 흐름을 따라 때로는 오른쪽으로, 서쪽으로 기울어진 채 진행된다. 그것이 바로 삶인 것이다. 삶은 똑바로, 곧은 자세로만 영위될 수 없는 일이다. 형편과 상황에 맞게 기울고, 구부리고, 기댄 채 살아가야 하는 것이다. 서강 강물이 오른쪽으로 기울어져 흐르듯이 몸을 기울인 채 강물처럼 흘러야 살 수 있는 것이다. 이처럼 이 시는 자연의 섭리에서 인생의 순리를 유추하고 있다. 자연사와 인생사가 병치 되는 것이다.

김용아의 강은 때로는 지혜의 강, 깨달음의 강으로 표상된다. 청령포를 배를 타고 건너는 시간은 잠깐이다. 하지만 강은 긴 시간을 돌아 청령포에 이른다. 삶이 부질없음을 깨닫는 것은 한평생 살아보아야 비로소 깨닫는다. 그래서 시인은 "멈추고 싶을 때/부표처럼 경계에/머물러도 된다는 것을/흔들리는 여뀌 풀이어도/한 생애를 걸지 않아도/꿈을 접지 않아도/사랑조차 내려놓지 않아도/된다는 것을/아는 데 걸린 시간이었다"(「돌아 흐르는 강」)고

토로하고 있다. 강의 흐름에서 인생의 깨달음을 얻고 있는 것이다. 그의 강은 이처럼 지혜의 강, 솔로몬의 강이었던 것이다.

5. 단시와 장시의 변증법적 조화

김용아 시는 형태 면에서 단시와 장시의 구분이 뚜렷하다. 짧은 시는 3행에 그치는 경우도 있지만 긴 시는 44행이 되는 시도 있다(「사북 기행」). 왜 이렇게 시행의 장단(長短)이 대조적으로 나타나는 것일까. 그 이유는 단지 길이의 길고 짧음의 문제가 아니라 단시와 장시의 양식적 특성 때문이다.

리드(H. Read)는 시의 본질은 서정시고, 서정시는 근본적으로 단시(short poem)를 지향한다고 했다. 곧 단시가 시의 본질이 되는 것이다. 시는 응축과 단축이 생명이다. 시어를 줄이고 줄여서 단시가 될 때 시적 긴장(tension)이 증폭된다. 그래서 신비평가들은 시를 언어의 경제학(economy of language)이라 불렀다. 김용아의 단시는 이러한 언어의 경제학을 살려 시적 긴장을 고조시키기 위한 전략으로 활용됐던 것이다.

좋아하는 것을 해야 한다
그래야 혼이 나가지 않는다
그래야 산다

— 「망가지지 않으려면」 전문

짧은 3행시다. 한국의 전형적인 3행시인 시조보다 짧은 편이다. 그야말로 신비평가가 지적한 언어의 경제학 원리를 살린 작품이다. 하지만 3행시이긴 해도 그 속에 함축된 의미는 깊다. 자아의 정체성을 지키기 위한 정신적 자세를 지적하고 있다. 자아 정체성을 지키기 위해서는 좋아하는 것을 좋아해야 하는 것이다. 왜냐면 거기에 영혼을 쏟아 넣을 수 있기 때문이다. 하기 싫은 일은 욕구도, 욕망도 없고, 성취감도 없다. 단지 의무적으로 행하기 때문이다. 이처럼 이 시는 비록 3행 단시지만 심오한 형이상학적 의미를 내포하고 있다. 곧 살아가면서 우리가 터득해야 할 삶의 지혜를 담고 있는 것이다. 그런 점에서 김용아 시는 명상시요, 사색시다.

이러한 삶의 지혜와 교훈을 에피그램(epigram, 警句)이라 부른다. 김용아 시는 도처에서 이러한 에피그램이 숨은 보석처럼 빛나고 있다. 비록 짧은 시여도 그 속에 함유된 질량은 풍부하다.

놓아주는 것도 사랑이다 - 「놓아주는 것도 사랑이다」
꽃과 나무들이 부러지지 않으려고 흔들리는 거야 - 「언니에게」
운명은 늘 그렇게 예고편이 없다 - 「연리목」
저물녘 잡는 것보다 떠나보내는 데 익숙해져야 한다 - 「저물녘의 기억법」
뒤로 밀리는 것은 앞으로 한발 나가기 위한 것 - 「도계를 넘으며」
늘 선택은 무너지거나 넘어서거나 둘 중 하나였다 - 「벽」
세상의 가장 낮은 자리에 있어야 보이고 들린다 - 「제장마을 가는 길」

예시한 시구들은 잠언집에 나올 만한 철학적 명구요, 삶의 지혜다. 이러한 경구들로 인하여 김용아 시가 잠언시나 형이상시로 읽히는 것이다.

김용아 시는 민중시로서 노동자들의 삶을 조명하는 데 집중하고 있다. 그들과 함께 숨 쉬고 느끼기 위해서 시인은 그들 이야기에 귀를 기울인다. 그들의 이야기를 풀어내기 위해선 서사(徐事)가 필요하고 의당 시행이 늘어날 수밖에 없다. 그렇게 김용아 시는 이야기시 구조를 갖게 되는 것이다.

1930년대 사회주의 리얼리즘 시인들, 특히 임화가 개발한 단편 서사시가 바로 그것이다. 시는 소설보다 어렵다. 고도의 상징과 은유를 사용하기 때문이다. 그래서 대중들이 시를 가까이하게 하는 길은 이야기를 담는 것이다. 그리고 그 이야기는 바로 그들의 이야기, 곧 노동자들의 이야기여야 실감이 난다. 이를 노린 것이 바로 '대중화론'이었다.

김용아 시는 이처럼 이야기시를 통해 노동자들, 민초들의 삶을 복원하려 애쓰고 있다. 그들 속에서 그들과 함께하는 방법을 이야기에서 찾은 것이다. 그리해서 김용아의 이야기시가 탄생한 것이다. 그런 점에서 김용아의 이야기시는 1930년대 프로문학에서 논의된 대중화론과 단편 서사시에 양식적 계보가 닿아 있다.

金榮喆 | 문학평론가 · 건국대 국문과 명예교수

푸른사상 시선 129

헬리패드에 서서